AF536526

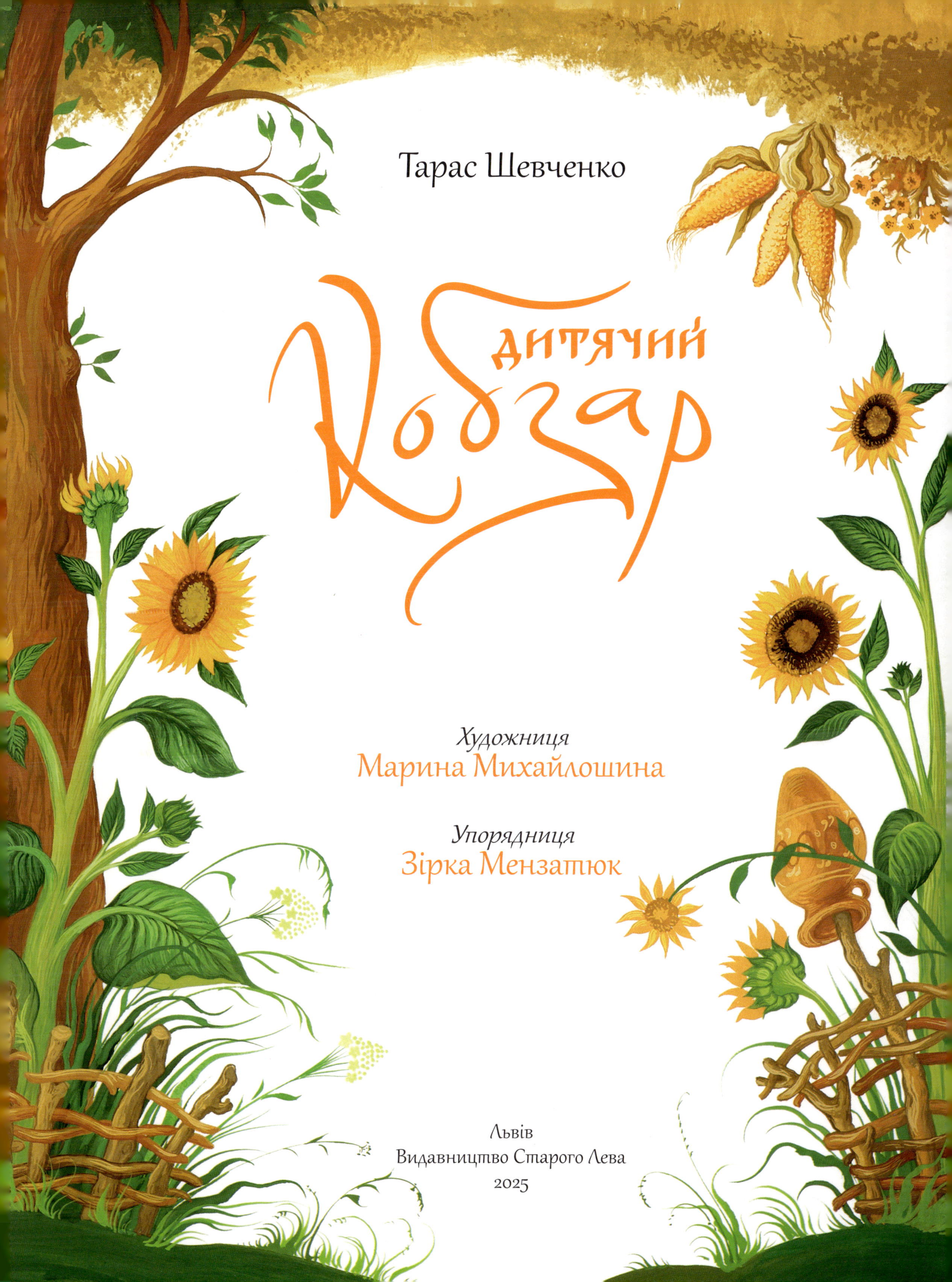

Тарас Шевченко

Дитячий Кобзар

Художниця
Марина Михайлошина

Упорядниця
Зірка Мензатюк

Львів
Видавництво Старого Лева
2025

УДК 821.161.2-93
Ш 37

ISBN 978-966-2909-94-4

Тарас Шевченко

Реве та стогне Дніпр широкий,
Сердитий вітер завива,
Додолу верби гне високі,
Горами хвилю підійма.
І блідий місяць на ту пору
Із хмари де-де виглядав,
Неначе човен в синім морі,
То виринав, то потопав.
Ще треті півні не співали,
Ніхто нігде не гомонів,
Сичі в гаю перекликались,
Та ясен раз у раз скрипів.

(З балади «Причинна»)

Б'ють пороги; місяць сходить,
Як і перше сходив...
Нема Січі, пропав і той,
Хто всім верховодив!
Нема Січі; очерети
У Дніпра питають:
«Де то наші діти ділись,
Де вони гуляють?»
Чайка скиглить літаючи,
Мов за дітьми плаче;
Сонце гріє, вітер віє
На степу козачім.
На тім степу скрізь могили
Стоять та сумують;
Питаються у буйного:
«Де наші панують?»

(З вірша «До Основ'яненка»)

N. N.

Сонце заходить, гори чорніють,
Пташечка тихне, поле німіє,
Радіють люде, що одпочинуть,
А я дивлюся... і серцем лину
В темний садочок на Україну.
Лину я, лину, думу гадаю,
І ніби серце одпочиває.
Чорніє поле, і гай, і гори,
На синє небо виходить зо́ря.
Ой зоре! зоре! – і сльози кануть.
Чи ти зійшла вже і на Україні?
Чи очі карі тебе шукають
На небі синім? Чи забувають?
Коли забули, бодай заснули,
Про мою доленьку щоб і не чули.

Кричать сови, спить діброва,
Зіроньки сіяють,
Понад шляхом, щирицею,
Ховрашки гуляють.
Спочивають добрі люде,
Що кого втомило:
Кого — щастя, кого — сльози,
Все нічка покрила.

(З поеми «Катерина»)

Весна. Садочки зацвіли,
Неначе полотном укриті,
Росою Божою умиті,
Біліють. Весело землі:
Цвіте, красується цвітами,
Садами темними, лугами.

(З вірша «Чума»)

І барвінком, і рутою,
І рястом квітчає
Весна землю, мов дівчину
В зеленому гаї;
І сонечко серед неба
Опинилось – стало.
Мов жених той молодую,
Землю оглядало...

(З поеми «Невольник»)

Встала й весна, чорну землю
Сонну розбудила,
Уквітчала її рястом,
Барвінком укрила;
І на полі жайворонок,
Соловейко в гаї
Землю, убрану весною,
Вранці зострічають...

(З поеми «Гайдамаки»)

Село! І серце одпочине.
Село на нашій Україні –
Неначе писанка село,
Зеленим гаєм поросло.
Цвітуть сади; біліють хати,
А на горі стоять палати,
Неначе диво. А кругом
Широколистії тополі,
А там і ліс, і ліс, і поле,
І сині гори за Дніпром.
Сам Бог витає над селом.

(З поеми «Княжна»)

...Світає,
Край неба палає,
Соловейко в темнім гаї
Сонце зострічає.
Тихесенько вітер віє,
Степи, лани мріють,
Меж ярами над ставами
Верби зеленіють.
Сади рясні похилились,
Тополі по волі
Стоять собі, мов сторожа,
Розмовляють з полем.
І все то те, вся країна,
Повита красою,
Зеленіє, вмивається
Дрібною росою,
Споконвіку вмивається,
Сонце зострічає...
І нема тому почину,
І краю немає!

(З комедії «Сон»)

Зоре моя вечірняя,
Зійди над горою,
Поговорим тихесенько
В неволі з тобою.
Розкажи, як за горою
Сонечко сідає,
Як у Дніпра веселочка
Воду позичає.
Як широка сокорина
Віти розпустила...
А над самою водою
Верба похилилась;
Аж по воді розіслала
Зеленії віти,
А на вітах гойдаються
Нехрещені діти.

(З поеми «Княжна»)

Садок вишневий коло хати,
Хрущі над вишнями гудуть,
Плугатарі з плугами йдуть,
Співають ідучи дівчата,
А матері вечерять ждуть.

Сем'я вечеря коло хати,
Вечірня зіронька встає.
Дочка вечерять подає,
А мати хоче научати,
Так соловейко не дає.

Поклала мати коло хати
Маленьких діточок своїх;
Сама заснула коло їх.
Затихло все, тільки дівчата
Та соловейко не затих.

(З циклу «В казематі»)

Ой стрічечка до стрічечки,
Мережаю три ніченьки,
Мережаю, вишиваю,
У неділю погуляю.

Ой плахотка-червчаточка*,
Дивуйтеся, дівчаточка,
Дивуйтеся, парубки,
Запорозькі козаки.

Ой дивуйтесь, лицяйтеся,
А з іншими вінчайтеся,
Подавані рушники...
Отаке-то, козаки!

** плахта-червчатка – плахта, виткана з яскраво-червоного шовку*

а б
в г д

Учітесь, читайте,
І чужому научайтесь,
Й свого не цурайтесь.
Бо хто матір забуває,
Того Бог карає,
Того діти цураються,
В хату не пускають.
Чужі люди проганяють,
І немає злому
На всій землі безконечній
Веселого дому.

(З поеми «І мертвим, і живим, і ненарожденним...»)

Ой діброво – темний гаю!
Тебе одягає
Тричі на рік... Багатого
Собі батька маєш.
Раз укриє тебе рясно
Зеленим покровом, –
Аж сам собі дивується
На свою діброву...
Надивившись на доненьку
Любу, молодую,
Возьме її та й огорне
В ризу золотую
І сповиє дорогою
Білою габою, –
Та й спать ляже, втомившися
Турбóю такою.

Орися ж ти, моя ниво,
Долом та горою!
Та засійся, чорна ниво,
Волею ясною!
Орися ж ти, розвернися,
Полем розстелися!
Та посійся добрим житом,
Долею полийся!
Розвернися ж на всі боки,
Ниво-десятино!
Та посійся не словами,
А розумом, ниво!
Вийдуть люде жито жати...
Веселії жнива!..
Розвернися ж, розстелися ж,
Убогая ниво!!!

(З вірша «Не нарікаю я на Бога»)

Реве, свище завірюха.
По лісу завило;
Як те море, біле поле
Снігом покотилось.

(З поеми «Катерина»)

Н. Я. Макарову
на пам'ять 14 сентября

Барвінок цвів і зеленів,
Слався, розстилався;
Та недóсвіт* перед світом
В садочок укрався.

Потоптав веселі квіти,
Побив... Поморозив...
Шкода того барвіночка
Й недосвіта шкода!

** недóсвіт – ранковий мороз*

Заповіт

Як умру, то поховайте
Мене на могилі,
Серед степу широкого,
На Вкраїні милій,
Щоб лани широкополі,
І Дніпро, і кручі
Було видно, було чути,
Як реве ревучий.
Як понесе з України
У синєє море
Кров ворожу... отойді я
І лани, і гори —
Все покину і полину
До самого Бога
Молитися... а до того
Я не знаю Бога.
Поховайте та вставайте,
Кайдани порвіте
І вражою злою кров'ю
Волю окропіте.
І мене в сем'ї великій,
В сем'ї вольній, новій,
Не забудьте пом'янути
Незлим тихим словом.

Думи мої, думи мої,
Лихо мені з вами!
Нащо стали на папері
Сумними рядами?..
Чом вас вітер не розвіяв
В степу, як пилину?
Чом вас лихо не приспало,
Як свою дитину?..

Думи мої, думи мої,
Квіти мої, діти!
Виростав вас, доглядав вас, –
Де ж мені вас діти?
В Україну ідіть, діти,
В нашу Україну,
Попідтинню, сиротами,
А я – тут загину.
Там найдете щире серце
І слово ласкаве,
Там найдете щиру правду,
А ще, може, й славу...

Привітай же, моя ненько,
Моя Україно,
Моїх діток нерозумних,
Як свою дитину.

Сон

Марку Вовчку

На панщині пшеницю жала,
Втомилася; не спочивать
Пішла в снопи, пошкандибала
Івана сина годувать.
Воно сповитеє кричало
У холодочку за снопом.
Розповила, нагодувала,
Попестила; і ніби сном,
Над сином сидя, задрімала.
І сниться їй той син Іван
І уродливий, і багатий,
Не одинокий, а жонатий –
На вольній, бачиться, бо й сам
Уже не панський, а на волі;
Та на своїм веселім полі
Свою-таки пшеницю жнуть,
А діточки обід несуть.
І усміхнулася небога,
Проснулася – нема нічого...
На сина глянула, взяла
Його тихенько сповила
Та, щоб дожать до ланового*,
Ще копу дожинать пішла.

**лановий – панський наглядач*

Зацвіла в долині
Червона калина,
Ніби засміялась
Дівчина-дитина.
Любо, любо стало,
Пташечка зраділа
І защебетала.

І досі сниться: під горою
Меж вербами та над водою
Біленька хаточка. Сидить
Неначе й досі сивий дід
Коло хатиночки і бавить
Хорошеє та кучеряве
Своє маленькеє внуча.
І досі сниться: вийшла з хати
Веселая, сміючись, мати,
Цілує діда і дитя
Аж тричі весело цілує,
Прийма на руки, і годує,
І спать несе. А дід сидить,
І усміхається, і стиха
Промовить нишком: «Де ж те лихо?
Печалі тії, вороги?»

І нищечком старий читає,
Перехрестившись, *Отче наш*.
Крізь верби сонечко сіяє
І тихо гасне. День погас
І все почило. Сивий в хату
Й собі пішов опочивати.

Плач Ярославни

В Путивлі-граді вранці-рано
Співає, плаче Ярославна,
Як та зозуленька кує,
Словами жалю додає.
«Полечу, каже, зигзицею,
Тією чайкою-вдовицею,
Та понад Доном полечу,
Рукав бобровий омочу
В ріці Каялі. І на тілі,
На княжім білім, помарнілім,
Омию кров суху, отру
Глибокії, тяжкії рани...»

І квилить, плаче Ярославна
В Путивлі рано на валу:
«Вітрило-вітре мій єдиний,
Легкий, крилатий господине!
Нащо на дужому крилі
На вої любії мої,
На князя, ладо моє миле,
Ти ханові метаєш стріли?
Не мало неба, і землі,
І моря синього. На морі
Гойдай насади-кораблі.
А ти, прелютий... Горе! Горе!
Моє веселіє украв,
В степу на тирсі розібгав».

Сумує, квилить, плаче рано
В Путивлі-граді Ярославна.
І каже: «Дужий і старий,
Широкий Дніпре, не малий!
Пробив еси високі скали,
Текучи в землю половчана,
Носив єси на байда[ка]х
На половчан, на Кобяка
Дружину тую Святославлю!..
О мій Словутицю преславний!
Моє ти ладо принеси,
Щоб я постіль весела слала,
У море сліз не посилала, –
Сльозами моря не долить».

І плаче, плаче Ярославна
В Путивлі на валу на брамі.
Святеє сонечко зійшло.
І каже: «Сонце пресвятеє
На землю радість принесло
І людям і землі, моєї
Туги-нудьги не розвело.
Святий, огненний господине!
Спалив єси луги, степи,
Спалив і князя і дружину,
Спали мене на самоті!
Або не грій і не світи...
Загинув ладо... Я загину!»

По діброві вітер виє,
Гуляє по полю,
Край дороги гне тополю
До самого долу.
Стан високий, лист широкий –
Нащо зеленіє?
Кругом поле, як те море
Широке, синіє.
Чумак іде, подивиться
Та й голову схилить;
Чабан вранці з сопілкою
Сяде на могилі,
Подивиться – серце ниє:
Кругом ні билини!
Одна, одна, як сирота
На чужині, гине!

(З поеми «Тополя»)

Ф. І. Черненку

Ой по горі роман цвіте,
Долиною козак іде
Та у журби питається:
«Де ж та доля пишається?

Чи то в шинках з багачами?
Чи то в степах з чумаками?
Чи то в полі на роздоллі
З вітром віється по волі?»

Не там, не там, друже-брате,
У дівчини в чужій хаті,
У рушничку та в хустині
Захована в новій скрині.

Літа орел, літа сизий
Попід небесами;
Гуля Максим, гуля батько
Степами-лісами.
Ой літає орел сизий,
А за ним орлята;
Гуля Максим, гуля батько,
А за ним хлоп'ята.

(З поеми «Гайдамаки»)

Наш отаман Гамалія,
Отаман завзятий,
Забрав хлопців та й поїхав
По морю гуляти,
По морю гуляти,
Слави добувати,
Із турецької неволі
Братів визволяти.
Ой приїхав Гамалія
Аж у ту Скутару,
Сидять брати-запорожці,
Дожидають кари.
Ой як крикнув Гамалія:
«Брати, будем жити,
Будем жити, вино пити,
Яничара бити,
А курені килимами,
Оксамитом крити».
Вилітали небожата
На лан жито жати;
Жито жали, в копи клали,
Гуртом заспівали:
«Слава тобі, Гамалію,
На ввесь світ великий,
На ввесь світ великий,
На всю Україну,
Що не дав ти товариству
Згинуть на чужині».

(З поеми «Гамалія»)

У Києві на Подолі
Козаки гуляють.
Як ту воду, цебром-відром
Вино розливають.
Льохи, шинки з шинкарками,
З винами, медами
Закупили запорожці
Та й тнуть коряками!
А музика реве, грає,
Людей звеселяє.
А із Братства те бурсацтво
Мовчки виглядає.
Нема голій школі волі,
А то б догодила...
Кого ж то там з музикою
Люде обступили?

В червоних штанях аксамитних
Матнею улицю мете,
Іде козак. «Ох, літа! літа!
Що ви творите?» На тоте ж
Старий ударив в закаблуки,
Аж встала курява! Отак!
Та ще й приспівує козак:

«По дорозі рак, рак,
Нехай буде так, так.
Якби-таки молодиці
Посіяти мак, мак.
Дам лиха закаблукам,
Дам лиха закаблам,
Останеться й передам.
А вже ж тії закаблуки
Набралися лиха й муки!
Дам лиха закаблукам,
Дам лиха закаблам,
Останеться й передам!»

Аж до Межигорського Спаса
Потанцював сивий.
А за ним і товариство,
І ввесь святий Київ.
Дотанцював аж до брами,
Крикнув: «Пугу! пугу!
Привітайте, святі ченці,
Товариша з Лугу!»
Свята брама одчинилась,
Козака впустили,
І знов брама зачинилась,
Навік зачинилась
Козакові. Хто ж сей сивий
Попрощався з світом?
Семен Палій, запорожець,
Лихом не добитий.

(З поеми «Чернець»)

Тече вода з-під явора
Яром на долину.
Пишається над водою
Червона калина.
Пишається калинонька,
Явор молодіє,
А кругом їх верболози
Й лози зеленіють.

Тече вода із-за гаю
Та попід горою.
Хлюпощуться качаточка
Помеж осокою.
А качечка випливає
З качуром за ними,
Ловить ряску, розмовляє
З дітками своїми.

Тече вода край города.
Вода ставом стала.
Прийшло дівча воду брати,
Брало, заспівало.
Вийшли з хати батько й мати
В садок погуляти,
Порадитись, кого б то їм
Своїм зятем звати?

Вітер віє-повіває,
По полю гуляє.
На могилі кобзар сидить
Та на кобзі грає.
Кругом його степ, як море
Широке, синіє;
За могилою могила,
А там – тільки мріє.
Сивий ус, стару чуприну
Вітер розвіває;
То приляже та послуха,
Як кобзар співає.

(З вірша «Перебендя»)

Давно те ділось. Ще в школі,
Таки в учителя-дяка,
Гарненько вкраду п'ятака –
Бо я було трохи не голе,
Таке убоге – та й куплю
Паперу аркуш. І зроблю
Маленьку книжечку. Хрестами
І візерунками з квітками
Кругом листочки обведу.
Та й списую Сковороду
Або *Три царіє со дари*.
Та сам собі у бур'яні,
Щоб не почув хто, не побачив,
Виспівую та плачу.

(З вірша «А. О. Козачковському»)

На Великдень, на соломі
Против сонця, діти
Грались собі крашанками
Та й стали хвалитись
Обновами. Тому к святкам
З лиштвою пошили
Сорочечку. А тій стьожку,
Тій стрічку купили.
Кому шапочку смушеву,
Чобітки шкапові,
Кому свитку. Одна тільки
Сидить без обнови
Сиріточка, рученята
Сховавши в рукава.
– Мені мати куповала.
– Мені батько справив.
– А мені хрещена мати
Лиштву вишивала.
– А я в попа обідала, –
Сирітка сказала.

Наша дума, наша пісня
Не вмре, не загине...
От де, люде, наша слава,
Слава України!
Без золота, без каменю,
Без хитрої мови,
А голосна та правдива,
Як Господа слово.

(З вірша «До Основ'яненка»)

На розпутті кобзар сидить
Та на кобзі грає;
Кругом хлопці та дівчата –
Як мак процвітає.
Грає кобзар, виспівує,
Вимовля словами,
Як москалі, орда, ляхи
Бились з козаками;
Як збиралась громадонька
В неділеньку вранці;
Як ховали козаченька
В зеленім байраці.
Грає кобзар, виспівує –
Аж лихо сміється...
«Була колись гетьманщина,
Та вже не вернеться».

(З поеми «Тарасова ніч»)

Якби ви знали, паничі,
Де люде плачуть живучи,
То ви б елегій не творили
Та марне Бога б не хвалили,
На наші сльози сміючись.
За що, не знаю, називають
Хатину в гаї тихим раєм.
Я в хаті мучився колись,
Мої там сльози пролились,
Найперші сльози. Я не знаю,
Чи єсть у Бога люте зло,
Що б у тій хаті не жило?
А хату раєм називають!

Не називаю її раєм,
Тії хатиночки у гаї
Над чистим ставом край села.
Мене там мати повила
І, повиваючи, співала,
Свою нудьгу переливала
В свою дитину... В тім гаю,
У тій хатині, у раю,
Я бачив пекло... Там неволя,
Робота тяжкая, ніколи
І помолитись не дають.
Там матір добрую мою,
Ще молодую, у могилу
Нужда та праця положила.
Там батько, плачучи з дітьми
(А ми малі були і голі),
Не витерпів лихої долі,
Умер на панщині!.. А ми
Розлізлися межи людьми,
Мов мишенята...

(скорочено)

N. N.

Мені тринадцятий минало.
Я пас ягнята за селом.
Чи то так сонечко сіяло,
Чи так мені чого було?
Мені так любо, любо стало,
Неначе в Бога . . . . . .
Уже прокликали до паю,
А я собі у бур'яні
Молюся Богу... І не знаю,
Чого маленькому мені
Тойді так приязно молилось,
Чого так весело було?
Господнє небо, і село,
Ягня, здається, веселилось!
І сонце гріло, не пекло!

Та недовго сонце гріло,
Недовго молилось...
Запекло, почервоніло
І рай запалило.
Мов прокинувся, дивлюся:
Село почорніло,
Боже небо голубеє
І те помарніло.
Поглянув я на ягнята –
Не мої ягнята!
Обернувся я на хати –
Нема в мене хати!
Не дав мені Бог нічого!..
І хлинули сльози,
Тяжкі сльози!.. А дівчина
При самій дорозі
Недалеко коло мене
Плоскінь вибирала,
Та й почула, що я плачу,
Прийшла, привітала,
Утирала мої сльози
І поцілувала . . . . . .

Неначе сонце засіяло,
Неначе все на світі стало
Моє... лани, гаї, сади!..
І ми, жартуючи, погнали
Чужі ягнята до води.

Бридня!.. а й досі, як згадаю,
То серце плаче та болить,
Чому Господь не дав дожить
Малого віку у тім раю.
Умер би, орючи, на ниві,
Нічого б на світі не знав.
Не був би в світі юродивим,
Людей і [Бога] не прокляв!

У нашім раї на землі
Нічого кращого немає,
Як тая мати молодая
З своїм дитяточком малим.
Буває, іноді дивлюся,
Дивуюсь дивом, і печаль
Охватить душу; стане жаль
Мені її, і зажурюся,
І перед нею помолюся,
Мов перед образом святим
Тієї Матері святої,
Що в мир наш Бога принесла...

(скорочено)

Зміст:

Літературно-художнє видання

Тарас Шевченко

Для середнього шкільного віку

Упорядниця *Зірка Мензатюк*
Художниця *Марина Михайлошина*

Головна редакторка *Мар'яна Савка*
Технічний редактор *Роман Коник*
Макетування *Андрій Бочко*

Підписано до друку 10.02.2025. Формат 60 × 90/8
Папір G-Print. Гарнітура «Gabriola»
Друк офсетний. Умовн. друк. арк. 8,00
Наклад 2000 прим. Зам. № ЗК-009475

Свідоцтво про внесення до Державного реєстру видавців
ДК № 4708 від 09.04.2014 р.

Адреса для листування:
а/с 879, м. Львів, 79008

Книжки «Видавництва Старого Лева»
Ви можете замовити на сайті starylev.com.ua
0(800) 501 508 spilnota@starlev.com.ua

Партнер видавництва

Віддруковано АТ «Харківська книжкова фабрика «Глобус»
вул. Різдвяна, 11, м. Харків, 61011
Свідоцтво ДК № 7032 від 27.12.2019
www.globus-book.com